浪花朵朵

大作家写给孩子们

魔笛

［奥］莫扎特 著

杨宵宵 译
幸绍菲 绘

上海人民美术出版社

莫扎特与《魔笛》

  沃尔夫冈·阿玛多伊斯·莫扎特，这位音乐界前所未有的最耀眼的明星，是神圣罗马帝国奥格斯堡自由城市（今德国）作曲家列奥波尔得·莫扎特七个孩子中年纪最小的一个。小莫扎特从他的母亲安娜·玛丽亚·佩特尔处继承了乐观的性格以及对

戏剧的痴迷。小莫扎特从他的父亲那里遗传了音乐天赋，因为老莫扎特——这位奥格斯堡书籍装订商的儿子，是个杰出的小提琴师及作曲家。他是小莫扎特的启蒙老师，怀着慈爱和厚望见证了小莫扎特卓越才能的发展。

关于这位音乐神童，民间有许多传闻：年仅四岁，他已经能分毫不差地演奏他的第一个钢琴曲片段、在纸上谱出一首钢琴协奏曲，以及在完全没有学过的前提下，在家庭音乐会中演奏小提琴。六岁的时候，他和他的姐姐娜奈尔在维也纳为皇后及其他皇室成员演奏。他跳到玛丽亚·特蕾莎的大腿上，用胳膊搂着皇后并亲吻了她，还许诺要娶她女儿玛丽·安托瓦内特（后来的法国王后）为妻。他初生牛犊不怕虎，用他高亢且稚嫩的童音批评约瑟夫二世（未来皇帝）的钢琴演奏水平。约瑟夫二世不仅一点儿没在意，在莫扎特十二岁回到维也纳时，还郑重地委托莫扎特创作一部歌剧。然而这部迷人的歌剧《装痴作傻》因种种原因不得不延期上演。后来，维也纳医生安东·麦斯麦，让莫扎特的第一部轻歌剧《巴斯蒂安与巴斯蒂安娜》在其花园剧院里上演。

十年后，约瑟夫二世在维也纳的老霍夫堡皇宫剧院成立了"民族歌剧协会"。这位开明的皇帝希望他的子民能够欣赏本民族语言的歌剧。这个短暂的皇家协会的最高成就，就是莫扎特的歌剧《后宫诱逃》——在历经坎坷之后，终于在 1782 年被搬上了老霍夫堡皇宫剧院的舞台。这是莫扎特的婚礼用曲，也是德国歌剧的萌芽。1787 年，歌德在一封给朋友的信中赞誉道："当莫扎特出现在舞台上，我们所有只限于简单和狭小范围内的努力都已成为过去。《后宫诱逃》征服了所有人。"然而，成立之时被寄予厚望的"民族歌剧协会"最后不得不关门大吉，莫扎特被迫用意大利语来书写他的其他歌剧。1786 年，《费加罗的婚礼》的首演在老霍夫堡皇宫剧院取得空前成功，莫扎特在维也纳的好运也到达顶峰——自此之后，他一落千丈，并迅速被人们遗忘。他越是与时下流行的创作形式背道而驰，就越是遭受孤立。

1787 年，歌剧《唐璜》在布拉格首演，而不是在维也纳。此后，1790 年，歌剧《女人心》在老霍夫堡皇宫剧院的首演也惨淡收场。最终，莫扎特发现自己已经到了捉襟见肘的地步。就在所有这些焦虑和困窘的裹挟之下，这部令人惊叹的《魔笛》横空出世。但此时死亡的阴霾已将莫扎特笼罩。这部由莫扎特谱曲的作品，不是献给庄重威严的城堡剧院，而是献给了受人们欢迎的维登剧院——这座剧院归他的朋友、剧作家伊曼纽尔·席卡内德所有。他们二人合作紧密，事实上，席卡内德为他自己创作了乐天的捕鸟人帕帕基诺的选段。当演出在 1791 年 9 月 30 日举行时，席卡内德饰演帕帕基诺，莫扎特亲临指挥，而戏单上写着一句话："致敬值得尊敬的民众，致敬与作品作者的友谊。"演出取得了空前的成功，然而之后两个月，莫扎特就逝世了。他夜以继日地创作他的《安魂曲》，直到生命的最后一刻。平心而论，在莫扎特短暂的一生中，他始终未曾荒废自己的天赋，笔耕不辍，精业笃行，将他的超凡才华尽情挥洒。

很久很久以前，当世界还是由懂法术的至高神明主宰的时候，在这片陆地遥远的一隅，坐落着夜王后的王国。她的宫殿被一片广袤、幽暗的森林包围，因而隐于世人之眼。

夜王后自视甚高，不可一世。统治夜晚和黑暗并不能使她满足。她想让太阳和光明王国同样臣服于她，为此，她没日没夜地谋算如何增强她的法力。当她坐在由繁星堆砌的宝座上时，银色月牙在上方如钻石般闪耀，使宝座也黯然失色。然而和太阳的光芒相比，月亮和繁星都不值一提。光明王国由一位叫萨拉斯特罗的智者统治。相较于夜王后阴暗邪恶的本性，他品性纯良而高尚，虚荣心和权力欲与他毫不相干。他爱世人，希望能引领人们走向自由与和谐。但只要夜王后在暗地里密谋一天，他的王国就面临被摧毁的危险一天。于是，萨拉斯特罗制订了一个合理又周密的计划。

夜王后有一个绝美的女儿，名叫帕米娜。她的美貌比月亮的光华更甚：她的秀发隐隐闪烁着如同星辰的金光，双目就像黑丝绒般的夜空一样乌黑。她的心地真挚纯洁，就连她母亲的邪恶思想都无法操控她。

萨拉斯特罗计划绑架帕米娜，让夜王后受到正义的惩罚而知悔改。一天夜里，萨拉斯特罗的侍卫闯入宫殿，掳走了美丽的女孩，把她带到他们的主人那里。

　　夜王后失去了心爱的女儿，悲痛欲绝。但由于自负，她决不忏悔。她发誓要狠狠报复萨拉斯特罗，让他自取灭亡。

　　但她应该怎样救回帕米娜呢？她的邪恶法力不足以与萨拉斯特罗纯一不杂的法力相对抗。忠诚的侍卫守护着他的王宫，夜王后根本无法踏入太阳宫殿。

　　无数个夜晚，王后坐在她那由星星堆砌的宝座

上，陷入沉思。她不允许任何人打扰她，即便是她最信任的随从——三位有法术的侍女都不行。终于，她制订出一个完美的计划……

当时有一个强大的王国，这个王国有一位年轻英俊的王子，名叫埃米诺。他除了打猎和在森林里游荡，没有别的嗜好，有时甚至能好几天不回家。

他席地而睡，以宽阔的树冠为篷，清晨伴着鸟鸣声醒来；日夜观察动物，忘记了光阴的流逝。

一天，埃米诺想猎杀一头华美的鹿。他追着它钻入森林，越走越深，但鹿似乎一直在躲他。他瞥

见那强而有力的鹿角在树干间时隐时现，忽而这边，忽而那边，下一秒又消失不见。他东跑西窜，没过多久就完全迷失了方向。森林愈来愈稠密，很快，埃米诺担忧起来。他觉得自己仿佛在一个被施了魔法的森林里徘徊，再也出不去了。

一条巨蟒突然从埃米诺面前蹿出来，愤怒地发出嘶嘶声，冲他喷着毒气。王子受到惊吓，迅速后撤。他大呼救命，却无人应答。不管他跑得多快，巨蟒都紧随其后。

忽然间，树木消失，埃米诺瞧见一座宫殿矗立在几块巨岩底下。就在埃米诺以为自己已经安全的时候，他又听见巨蟒发出的嘶嘶声，近在咫尺。他回过头，看见这个庞然大物将身体蜷起，正准备发动进攻。王子大惊失色，筋疲力尽，晕了过去。

这恰恰是夜王后期盼已久的时刻。正是她利用阴谋诡计将埃米诺引诱至此。

就在王子失去意识倒地之时，宫殿的大门被打开，夜王后的三位侍女走出来，手中握着银矛。她们脸上都戴着面纱，因此没人知道她们到底是貌美如花还是丑陋无比。

"受死吧，怪物，凭我们三人的法力！"三位侍女齐声喊道。她们迅速舞起银矛，向巨蟒刺去。巨蟒受到致命一击，在草丛中扑腾。

此刻，三位侍女看着她们脚下昏迷不醒的王子，欣喜之情溢于言表。

"好一位美男子！他睡梦中的脸庞如此俊俏，他的额头如此光洁，他的嘴唇如此高贵！"她们说道。每个侍女在心里暗想："是的，他这样迷人，叫我不得不爱。"但她们都将这个想法悄悄藏起，因为她们自服侍夜王后以来，就不得不回避男人的世界，不去爱人。所以她们每当走出宫殿，都会用面纱将脸遮挡起来。而这位被她们熟知的英俊又年轻的王子，注定要面临更高难度的任务。

　　"他会打败萨拉斯特罗，将帕米娜带回她母亲的怀抱。"第一位

侍女说道。

"去，告诉王后这个好消息！我会守在这里。"第二位侍女说。

"不，我要守在这里。"第三位侍女反驳道。

"不，我守在这里！"三位侍女同声喝道。每位都想照看埃米诺，没人打算妥协。于是，她们只能擅离职守，撤销戒备。

三位侍女一起返回宫殿。

夜王后还有一位男侍从，这个开朗的小伙叫帕帕基诺。他是御用捕鸟人和宫廷小丑。他必须时刻留意身旁两侧，因为他穿着一件

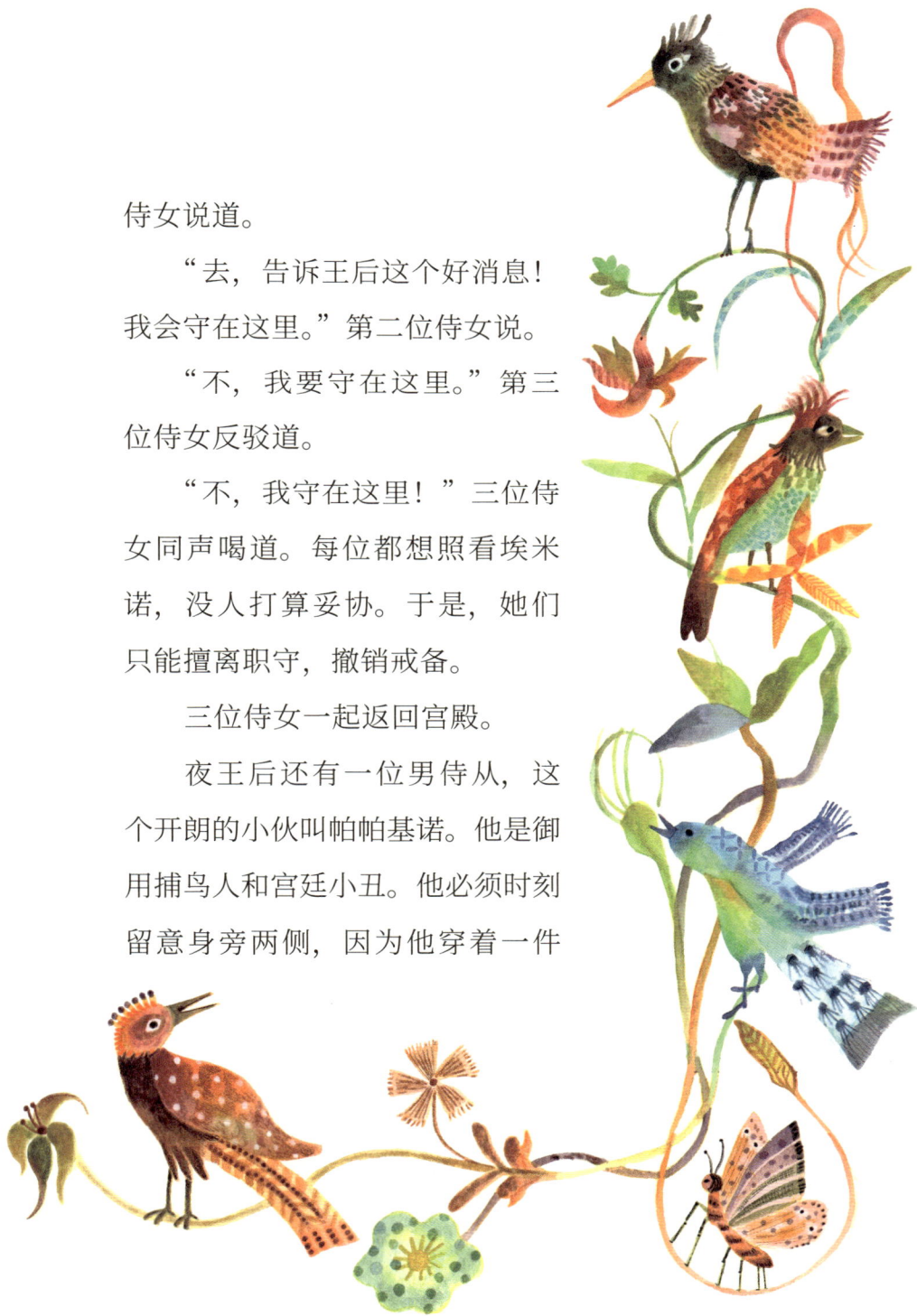

通体用艳丽羽毛缝制的华服，这使他看上去不像人，而更像一只奇异的巨型大鸟。帕帕基诺成天在林子里闲逛，用他的长笛把最美丽的鸟儿吸引来，抓住它们，献给夜王后。

埃米诺醒过来时，帕帕基诺正巧从森林里走出来。王子诧异地打量帕帕基诺，因为起初他并不知道自己身在何处。突然，他瞥见地上死去的巨蟒。

"谢天谢地！"埃米诺叫道，"我还活着，这怪物死了！谁救了我？我欠了谁这么大个人情？"

倏忽间，埃米诺听见长笛演奏出一段欢快的旋律，紧接着一个男人的声音传来。帕帕基诺迎面走来，背着他的捕鸟梯。他衣服上的羽毛随着他滑稽的舞步上上下下轻快地抖动着。他唱道：

我是捕鸟人，

我多么愉快，

嗨滴，吼滴嗨！

看起来他似乎正努力尝试飞起来，但他的翅膀显然不够长。他的样子如此滑稽，逗得埃米诺开怀大笑。

"嘿，你这家伙！"他冲那古怪的鸟人喊道。

"叫谁呢你，'嘿，你这家伙'？"帕帕基诺反问，感到深受冒犯。

"告诉我，我欢乐的朋友，你是谁？"

"我是谁？多么愚蠢的问题！我是一个人啊，像你一样。"帕帕基诺冲埃米诺气派的着装投去怀疑的目光。即使帕帕基诺对森林、宫殿、他所居住的简陋茅草屋和夜王后的随从以外的世界不甚了解，他还是能觉察到这位陌生年轻人的与众不同。他觉得有些不自在，问道："还是先告诉我，你是谁？"

"我是一个王子，我叫埃米诺。我的父亲是一位君王，统治许多国家和子民。"

埃米诺看上去心情愉悦，一点儿也不傲慢，帕帕基诺找回了一些自信。他向王子浅浅地鞠了个躬，又拿起他的长笛放到唇边。

"现在告诉我一件事，"当帕帕基诺结束演奏时，王子问道，"我们在哪儿，你在这里做什么？"

"你没听说过璀璨星空的夜之女王吗？"帕帕基诺神秘兮兮地反问。

"璀璨星空的夜之女王——你是指伟大的夜王后，我父亲时常跟我提及的那位吗？"埃米诺诧异道。

"猜对咯！"帕帕基诺扬扬得意地说道，因为这会儿他可以吹嘘一番并且点拨王子。"那就是她的宫殿。至今还没人见过这位璀璨夜空的女王。我把最美的鸟儿捉住献予她，她的侍从给我提供吃的和喝的作为回报。你绝不会相信，她们在我面前抖得跟筛子似的。"他悄悄地说，"我有大人物的影响力。"帕帕基诺挺直身板，直到衣服上的羽毛根根直立。

帕帕基诺：现在 告诉 我—— 你 何曾 见过 像 我 这 样 奇怪 的人?

老的 少的，不论 来自 何—— 处， 见 到 我 的脸都 乐 开 怀。

我广撒 网，将 笛音 吹—— 响，当 鸟儿靠 近 时，将 它们 绑。

"那么真的是你——这位勇士——杀死了那边
的毒蟒？"

帕帕基诺这才觉察到一边的死蟒蛇。他浑身打
战，倒退几步，被吓得说不出话来。埃米诺将他的
沉默误认为谦逊。

"谢谢你，我英勇的朋友！"王子落泪，备受

感动，"不要拒绝我的感谢。但能不能告诉我你是如何把这怪物杀死的？你并没有武器。"

帕帕基诺披着羽毛制成的袍子，浑身发烫。但他瞬间回过神，变得巧舌如簧，勇气倍增。

"哦，这没什么大不了的。"他尽可能轻描淡写地回答道，"我不需要武器，只消用手使劲一捏就足够了。"但他在心里默想："我这辈子还从来没有那样强壮过！"

"帕帕基诺！"话音刚落，一个声音从宫殿传出。三位戴着面纱的侍女再一次走出来，她们向这个骗子挥舞着拳头。帕帕基诺狼狈地低下头。但他的忏悔丝毫不起作用。其中一位侍女走到他面前，在他嘴巴上拴了一把金锁——这样一来他就再也不能说话了。这对一个"话匣子"来说可真是一种折磨。

"唔，唔。"他哼哼道，看上去是那么沮丧和可怜，让王子于心不忍。

这时，三位侍女转向埃米诺。

"您好，尊贵的年轻人！"她们说道，"欢迎来到夜王后的王国！"

埃米诺毕恭毕敬地鞠了一躬。

"是我们把您从毒蟒口中救出。"其中一位侍女继续说道。她从她袍子的褶皱里抽出一幅画像，把它交给王子。"这幅画像是伟大的王后让我转交给您的。这是她女儿帕米娜的画像。如果您被这副面容深深吸引，那么等待您的，将是荣耀、名誉与幸福。"

埃米诺端详画像，立刻就对这位凝视着他的迷人少女满心欢喜。王子还从来没见过这样美丽的一

张面庞。他的爱意如熊熊烈火在心中燃起。他以
温柔的辞藻为帕米娜唱赞歌，唯一的念头就是将她
占有。

埃米诺：啊，她的美丽无与伦比！还有哪位少女能与之相比？我

不知晓，我不知晓，是喜悦抑或痛苦让——我

心烦意——乱，让我——备受煎——熬。

三位侍女告诉了埃米诺帕米娜被绑架的情形、萨拉斯特罗的狡诈以及夜王后这位母亲的悲痛欲绝。

"我会把帕米娜从萨拉斯特罗的控制中解救出来！"王子大喊，"恶人终将灭亡！伟大的王后永垂不朽！"

就在那一刻，传来一声可怕的雷鸣般的巨响。天色暗沉，巨石分离，夜王后从群星闪烁的耀眼光芒中现身。她冷酷、不近人情的美让埃米诺战栗。在埃米诺眼中，她由璀璨的群星环绕，显得尊贵而冷淡！他努力在她的这种特质里寻找与帕米娜的温柔魅力的相似之处，但是徒劳无获。

"不要发抖，我亲爱的孩子。"王后用迷人的嗓音发话，"仅凭你足以令一位身陷痛苦的母亲心中再次充满希望。你出身高贵，心性纯良，英姿勃发。帕米娜与你乃天造地设的一对，再无旁人能与她相配。听从你的心声，如此一来，你便会战胜萨拉斯特罗，将我的孩子带回来！如果你解救了帕米娜，

大作家写给孩子们

精选世界大文豪献给孩子的文学经典

领略大家文风，

分级阅读 精准提升

浪花朵朵

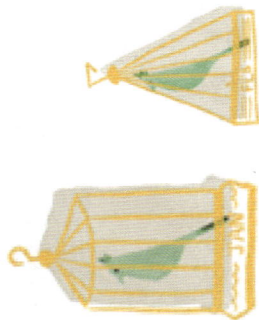

书名	作者介绍	字数	内容介绍
九月公主与小夜莺	毛姆 天才小说家	8千字	启迪爱、艺术与自由的思辨之书
小狗栗丹	契诃夫 世界三大短篇小说家之一	25千字	勇对无情命运的小狗，踏上独特的成长冒险
许愿树	威廉·福克纳 诺贝尔文学奖得主	26千字	一场漫游奇境的哲理童话，收获爱和分享的成长原力
写给孩子们的故事	肯明斯 美国20世纪最杰出的诗人之一	16千字	充满祖孙亲情的4则童话和1首小诗
卡尔维诺意大利童话故事	伊塔洛·卡尔维诺 意大利宝物作家	180千字	独树一帜的意大利童话，比肩"格林"的文学高峰
小麻雀：高尔基儿童童话故事集	高尔基 苏联文学创始人之一	20千字	满载爱与希望的俄罗斯童话，歌颂勇敢、谦逊与善良
樱桃大大的厨房	西尔维娅·普拉斯 普利策奖得主 卡森·麦卡勒斯 与拉斯齐名的"文艺教母"	70千字	两首闪耀美国文坛的传奇女作家，用孩子的视角观见世界奇妙
幸运鹦鹉	弗吉尼亚·伍尔夫 20世纪女性主义作家典范，意识流文学代表人物	15千字	两则真挚灵劲的小故事，展现充满意外的人生际遇
在春天发生的事：赛珍珠故事集	赛珍珠 诺贝尔文学奖和普利策小说奖双料得主	40千字	国内首次结集赛珍珠的儿童故事，五十周年珍贵纪念版
生命之珠：植物学家的科普故事	尼娜·帕夫洛娃 苏联权威植物学家、儿童文学作家	43千字	撷萃乏味解说，生动融合植物特征与童话故事

第1级 习惯

感受童趣 累积词句
养成阅读习惯

书名	作者介绍	字数	内容介绍
怪猫故事集	托·斯·艾略特 诺贝尔文学奖得主	21千字	童趣叙事诗，戏谈猫咪百态
捉猫记	马塞尔·埃梅 短篇小说巨匠	85千字	充满温情的奇趣脑洞故事集，解锁幻想的力量
普希金童话故事选	普希金 被誉为"俄国文学之父"	34千字	善良、无私、耐心的人会得到回报

她将永远属于你。"

话音刚落，夜王后瞬间消失得无影无踪。星光退去，巨石归位，埃米诺、三位侍女和帕帕基诺留在原地。

王子还没从惊讶中回过神，第一位侍女向他走来，交给了他一支金色的长笛。

"来自我们王后的一件礼物——带上它。"她说道，"这是一支有魔力的笛子，不论您去哪儿，它都会保护您，让您摆脱厄运的侵扰。"

第二位侍女同情可怜的帕帕基诺——他连舌头都动不了，显得十分痛苦。侍女将金锁从他的嘴上取下，转而交给他一把银制的钟琴。

"王后陛下赦免你了。"她说，"继续说话吧，但记住，纸是包不住火的！"

最后，三位侍女齐声说道："这支魔笛和这些银色的铃铛将会引领你们安全抵达萨拉斯特罗的王国。三位仙童将是你们的向导。"

"等等！别走！"帕帕基诺错愕地打断道，"这跟我有什么关系？我压根儿没打算出游呀。"

"王后陛下命令你陪伴王子同行！王子会护你安全。作为回报，你将成为他的侍从！"

语毕，三位侍女退回宫殿。

对于授予他的这一殊荣，帕帕基诺一点儿也高兴不起来。事实上，他胆小如鼠，更愿意用嘴皮子来吹嘘自己的"英雄事迹"。他一边嘟囔抱怨，一边动身跟随埃米诺启程。他确实熟知森林里的道路，没有他的陪伴，埃米诺永远都不可能找到萨拉斯特罗，因为作为他们向导的三位仙童还没出现。

旅程持续了好几天，埃米诺迫不及待地想见到帕米娜。

"你确定我们没有迷路吗？"他反复问帕帕基诺。

"就像我是人而不是鸟那样确定。"帕帕基诺回答了一遍又一遍。当埃米诺怀疑地摇头时，这位捕

鸟人觉得自己受到了冒犯。他径自往前走，拒绝与王子对话。

于是，帕帕基诺赶在王子之前到达了萨拉斯特罗的宫殿。这个地方令他惴惴不安，他提心吊胆地扫视周围的一切。

但比起他的胆怯，帕帕基诺的好奇心还是略胜了一筹。他蹑手蹑脚地从宫殿的一扇窗户爬到另一扇，小心翼翼地朝里面窥视。他瞧见了最富丽堂皇的房间，最昂贵的家具和地毯；黄金制品和象牙制品熠熠生辉，银色的玻璃杯和价值不菲的丝绸微光荧荧。然而当帕帕基诺走到最后一扇窗户时，他几乎被吓晕过去。一张恐怖的、阴暗的、眉头紧锁的脸探出来看着他，冲他疯狂地转动眼珠子，露出咬牙切齿的表情。

这是莫诺斯塔托斯，萨拉斯特罗的摩尔奴隶，他负责守护美丽的帕米娜。

莫诺斯塔托斯受到的惊吓一点儿也不比帕帕基诺这位捕鸟人少，因为他还从来没见过像帕帕基诺这般身披羽毛的奇特物种。当帕帕基诺敲响他的银钟琴时，摩尔人惊慌失措，抱头鼠窜。

帕帕基诺鼓足勇气，踏入宫殿。不一会儿，他就找到了帕米娜，因为透过门能听见她伤心的啜泣声。

帕米娜不知道萨拉斯特罗为什么要绑架她。她思念她的母亲，对夜王后的邪恶力量一无所知。女

孩想不明白，为什么萨拉斯特罗对她总是那样友善，却又软禁她这个无辜的囚犯。倘若不是因为莫诺斯塔托斯的存在，帕米娜尚能隐忍这一切。她恐惧摩尔奴隶这张丑恶的嘴脸，他日夜防守，一刻不让她离开自己的视线。

因此当门打开，出现的是帕帕基诺和善的面孔而不是莫诺斯塔托斯的咧嘴怪笑时，帕米娜惊讶得将手帕掉到了地上。帕帕基诺将手帕捡起，交还给她并滑稽地鞠了一躬，惹得帕米娜扑哧一笑——尽管眼泪还是顾自顺着脸颊流下来。

"你是谁，你从哪里来？"她问道。

"我是帕帕基诺，是您母亲、无所不能的夜王后的捕鸟人。"帕帕基诺骄傲地回答道，"我来这里是为了将您从囚禁中解救出来。事实上，"他急忙停顿一下，"我们来了两个人。另一位马上就到。他是一位王子，名叫埃米诺。"

"一位王子？"帕米娜惊叹道，"给我讲讲事情

的来龙去脉吧！”

“长话短说，”帕帕基诺说道，“您的母亲，璀璨夜空的女王，制订了世界上最绝妙的计划。她向王子展示了您的画像，这会儿王子心中对您燃着爱意，发誓来此解救您。”

“他爱我？哦，多好呀！”帕米娜高兴得差点就要拥抱帕帕基诺，“但你这是怎么啦？你看上去很难过！”

“唉！”帕帕基诺叹息道，“很快您将拥有您的埃米诺，而埃米诺很快将拥有他的帕米娜。而我又有谁呢？每当我一想到帕帕基诺还没有帕帕吉娜时，我就恨不得拔光自己的所有羽毛。”

“可怜的帕帕基诺啊！”帕米娜温柔地说道，“你有一副好心肠，身上披着羽毛，看起来惹人喜爱、幽默风趣。你肯定很快就能找到一位爱你的女孩，一位只为你所有的帕帕吉娜，也许比你预期的还要快。但请先告诉我，埃米诺现在身在何处。”

"那就是问题所在。"帕帕基诺回答道，"您母亲的侍女告诉我们，有三位仙童会引导我们，但是我们还没碰到他们。而停下来找那三位仙童显然行不通，所以我只好继续往前走。既然现在我找到了您，请随我来，帕米娜，我们必须马上离开这里！"

与此同时，埃米诺独自前行。虽然他不认识路，但他并不惧怕阴暗的森林。王子信任他的魔笛以及他对帕米娜的爱——它们必定能指引他到达目的地。他逐渐变得没那么焦急了，头脑更为清醒，内心也十分平静。

森林一下子亮堂起来，一束束阳光洒满小径，在树干间嬉戏。三位仙童被耀眼的光芒环绕，出现在埃米诺面前，每一位手里都拿着一根银色的棕榈树枝。

"您将朝着您的目的地继续前行，王子殿下，"他们说道，"但是等待您的将是艰难的考验，只有强

大的人才能存活。请保持坚定、耐心和镇静！如果您听取我们的忠告，您将会获得最终的胜利！"

埃米诺还没来得及回应，三位仙童就消失不见了。王子还在寻思仙童话里的深意时，他看见一座宏伟的券柱式结构的宫殿耸立在一片绿油油的草地上。门楣上用醒目的金色字写着：智慧之殿。

埃米诺走近宫殿想要进去，却被一位祭司拦了下来。"你想在这座神圣的殿堂里找什么呢，陌生人？"祭司问道。

"一位女孩，如清晨般纯洁天真，如白昼般美丽动人，她被那十恶不赦的萨拉斯特罗绑去当了阶下囚。"

"你是指她从夜晚的黑暗中被带走？"祭司答道，"夜王后的幽怨和谎言毒害了你。只要你还被憎恨和复仇心左右，帕米娜就永远不会属于你。萨拉斯特罗不是恶人。他的智慧无穷无尽，愚昧无礼的人不得踏入他的圣殿。"

宫殿的大门在祭司身后关上了，只留埃米诺在原地，一头雾水，独自思忖。他该如何看待这一切？谁说的是真的，夜王后还是祭司？

王子心事重重地坐到草地上，开始吹他的魔笛。在他演奏的时候，动物们都从森林里悄悄走出来：

熊、狼和狐狸，花鹿和牡鹿，野兔和松鼠，就连甲壳虫都从它们地下的洞穴中慢慢爬出来。它们互不伤害，和平共处，都毕恭毕敬地欣赏这美妙的旋律。鸟儿都沉默不鸣，因为这魔笛的声音远比它们自己的歌声还要动听。

当埃米诺停止演奏，动物们挨个儿回到森林，鸟儿也叽叽啾啾地鸣叫着飞回空中。

忽然，埃米诺听见从不远处传来一首用笛子吹奏的十分熟悉的曲子。一定是帕帕基诺！王子急忙朝声音传来的方向赶去，但回音使他迷惑。当埃米诺闯进森林时，帕帕基诺和帕米娜从宫殿逃出，正向智慧之殿靠近。摩尔人莫诺斯塔托斯发现他们逃走了，马上进行追捕，由于帕米娜跑得不够快，他最终追上了他们。

帕米娜筋疲力尽，倒在草地上。"所有希望都破灭了！"她哭喊道，眼泪夺眶而出。

这时，帕帕基诺开始演奏他的银钟琴，只见莫

诺斯塔托斯突然开始一蹦一跳，并扭动身体。他一边跳着舞进入森林，一边用他低沉的嗓音唱着：

那曲调如此欢快，那曲调如此甜蜜！
嚓啦啦，嚓啦啦！

啊听，是什么发出如此清脆的叮当声？
啦啰啦啦啦，啦啰啦，啦啦啦啰啦！
这是我不曾见到或听到的，
啦啰啦啦啦，啦啰啦啦啦，啦啰啦！

莫诺斯塔托斯：啊 听，是 什么 发出 如此 清脆的 叮 当声 ？啦啰

啦 啦啦，啦 啰啦，啦 啦 啦 啰啦! 这是我 不曾见 到

或 听到的，啦 啰啦 啦啦，啦 啰啦 啦啦，啦 啰啦 啦!

帕米娜松了口气。然而正当莫诺斯塔托斯消失在森林之中时，嘹亮的小号声响起。这号角声昭告着萨拉斯特罗的莅临。一行壮观的列队，如同国王的仪仗队般朝宫殿行进而来。

"萨拉斯特罗万岁！"智慧与光明统治者的祭司和臣民们高呼。

萨拉斯特罗终于来了，他庄严肃穆的神态令人心生敬仰，甘愿服从。

帕米娜和帕帕基诺紧紧抓住彼此的手，瑟瑟发抖。但女孩一见到萨拉斯特罗，就朝他飞奔而去，猛地扑到他的脚边抽泣起来。

"起来吧。"萨拉斯特罗温和地说道，"你没做错什么。是无知使你执意要与我的法则为敌。"

就在那一刻，埃米诺由莫诺斯塔托斯领着从森林里走出来。摩尔人阴险地坏笑着。他在林子里逮住了王子，这正中他下怀。

即便在宫殿前的广场上人群攒聚，王子还是一眼就从中发现了帕米娜。他从莫诺斯塔托斯手中挣脱，奔到她身旁。

"帕米娜！"

"埃米诺！"

他们拥抱彼此，就好像他们本来就相识。萨拉斯特罗轻轻地将他们分开。"埃米诺，你还没有资格真正拥有帕米娜。"他慎重地发言，"首先，请自证心迹，坚守纯良，不受夜王后黑暗力量的蛊惑。凭此，帕米娜才能完全属于你。"

"我该怎么做才能证明呢？"埃米诺问道。

"寻求智慧，坚如磐石，沉默是金。"萨拉斯特罗答道，"一位祭司将会带领你和你身披艳丽羽毛的同伴抵达我的考验之殿。遵循他给你们的一切忠告。伊希斯和奥西里斯，这对智慧之神将监督你们的每一步。"他收走了埃米诺的魔笛和帕帕基诺的银钟琴，说道："一路平安！"

一位祭司打开了宫殿的大门，帕帕基诺和埃米

诺还没反应过来是怎么回事，就被推了进去。他们
的头被麻袋罩住——这样一来他们就什么也看不见
了。他们只听见大门在身后被缓缓关上，然后就彻
底被寂静和黑暗吞没了。

埃米诺往前走着，四下寂静无声，而帕帕基诺可怜兮兮地抽泣起来。沉闷的雷声在不远处轰鸣，使这只惊弓之鸟抖得更厉害了。

当祭司最终把麻袋取下时，他们感觉时间仿佛过了整整一个世纪。这会儿他们发现自己身处一个四周有高耸的柱子环绕的庭院中。

"我们正在宫殿的前院。"祭司告诉他们，"王子，你准备好了要接受我们的一切考验吗？你做好为赢得心爱的女孩而奉献生命的准备了吗？"

"是的。"埃米诺坚定地回答道。

"但这跟我有什么关系呢？"帕帕基诺可怜巴巴地问道。"我对目前所拥有的一切很满意。总的来说，"他补充道，"我也非常愿意拥有一位属于自己的漂亮、开朗的女孩。但在这里，我肯定是找不到的。"

"如果你通过考验，你就会找到她。"祭司回复道。

　　"你说的是真的吗？"帕帕基诺疑惑地问道，"这位女孩，她长什么样？"

　　"就像你一样。"祭司答道。

　　"像我一样？"

　　"是的，就像一只欢快、艳丽的鸟儿，她的名字叫帕帕吉娜。"

　　"帕——帕——吉——娜！"

　　"如果你想赢得她，"祭司接着说，"请跟随我来到考验之殿。你准备好了吗？"

　　帕帕基诺点点头，心里还是有点儿不情愿。

　　"现在，听从萨拉斯特罗的指令。"祭司庄严地说道，"不论发生什么，保持沉默。在这里，沉默是我们的最高职守。不必在意奇怪的声音，不去听女人的哀求。只消多嘴一句，你的快乐便会消失得无影无踪。"

　　在给予这些指示后，祭司便离开了，留下埃米诺和帕帕基诺。

48

沉闷的雷鸣声再一次由远处重重地压过来，太阳沉了下去，很快黑夜将他们笼罩。

"埃米诺，你在哪儿？"帕帕基诺害怕地叫道。

"安静点，想想你的帕帕吉娜！"王子提醒他。

"唉，她只能找别人了！我受够了这一切法术。如果我能出去该多好呀！"

就好像是为了惩罚帕帕基诺的喋喋不休，一条锯齿状的闪电割裂了天空，紧接着响起了打雷的隆隆声。这时，透过闪电的光芒，埃米诺和帕帕基诺看见夜王后派来的三位戴着面纱的侍女一直跟在他们后面。

"你们上当了！萨拉斯特罗打算毁灭你们。跟我们来，否则你们无法活着出去！"三位侍女喊道。

"我早就知道，"帕帕基诺对埃米诺说道，"但你就是不听我的。"

"嘘！"埃米诺说道，就好像他从来没见到这三位侍女，也没听到她们讲话。

刹那间，闪电再次划破黑暗，三位侍女消失了。

"老天爷啊！"帕帕基诺抽抽搭搭地说，"这会儿她们走了，我们可死定了。"

然而埃米诺坚信不疑，这三位侍女的出现只是考验的第一关。他想，夜王后自然要派遣她的使者来引诱他，假如他听信她们的谗言，打破沉默，那一切努力都白费了。

埃米诺是对的。当夜王后得知三位侍女空手而归时，她强忍住怒火。假使埃米诺还是这么坚定不移，那她将永远失去帕米娜。

夜王后再一次坐在她那由繁星堆砌的宝座上，陷入沉思。当月亮和星星退去，清晨到来时，她想出了另一个绝妙的计划。必须由帕米娜亲自敦促王子打破誓言——埃米诺当然无法拒绝她的恳求。

夜王后施下她最强大的咒语，神奇地出现在她女儿身旁。美丽的帕米娜身处一座迷人的花园中，靠近萨拉斯特罗的宫殿，躺在一个被玫瑰花环绕

的凉亭里。这花园像是由花毯铺就，香气四溢。珍稀非凡的鸟儿栖息在枝丫上，清理着它们艳丽的羽毛。

摩尔人莫诺斯塔托斯满怀嫉妒地监守这位熟睡的女孩。他望着帕米娜，满眼都是失恋的哀伤。自打萨拉斯特罗安排他看守帕米娜以来，莫诺斯塔托斯对这位美丽少女的爱意就与日俱增。而事实上帕

米娜对他毫无感情——他让她感到害怕和厌恶——
这让他深受折磨，愤懑不已。

"啊，如果我能向她索取一吻该有多好！"他
暗自思量，"她睡得这么熟，肯定不会发现的……就
这么办，我要冒险试一下！"

莫诺斯塔托斯向沉睡的帕米娜俯下身。但正当
他的影子落到她的脸上时，帕米娜惊醒过来。她恐

惧地尖叫——因为她看到摩尔人的脸凑得如此之近。莫诺斯塔托斯慌忙逃走，躲在了一棵树后面。

就在那时，雷鸣声震天动地，大地裂开，夜王后降临。

"母亲！"帕米娜叫喊道，"我最亲爱的母亲！您是来保护我不受摩尔人的骚扰，还是带我逃离这个可怕的地方？"

"我无法保护你，我的孩子，也无法带你离开这里，因为萨拉斯特罗的法力远在我之上。我是来给你一些忠告的。埃米诺，你深爱的人，正面临万劫不复的处境，除非你能够说服他逃跑。去找他！快呀！提醒他警惕萨拉斯特罗的阴谋。看见我手中的这把匕首了吗？用它去杀了萨拉斯特罗。如果你不这么做，我的王国将落入他之手。在他和我——你的母亲之间做个决断吧。"

夜王后话音刚落，她咒语的法力就失效了。她不得不沉入大地，回到她的宫殿。地面合拢，帕米

娜又剩自己一个人了。

　　她惊慌失措地盯着母亲留给她的匕首。"我永远无法杀死萨拉斯特罗。"帕米娜自言自语道，"萨拉斯特罗是个好人，而我的母亲策划了一场极其可怕的复仇。我该怎么做？该去哪儿找到埃米诺呢？"

　　莫诺斯塔托斯躲在树后面，听见了这一切。他壮着胆子走出来，幸灾乐祸地坏笑着靠近帕米娜。他无法原谅她对他的嫌恶。现在，莫诺斯塔托斯可算找到报复的机会了。

　　"我的小美人儿，你那聪明的小脑瓜子在想什么呢？"他恶狠狠地问道，"这匕首烫手吗？你知道你还在我手里吗？假如我向萨拉斯特罗告发你的复仇计划，你和你的母亲就都完蛋了。你说呢，我可爱的小白鸽？"

　　摩尔人和帕米娜都没留意到萨拉斯特罗的到来。

萨拉斯特罗: 宫墙之内，我们从没有复仇的念头——

在这儿曾经失职而自甘堕落的人——

因爱重新恪尽职守，友谊向你伸出援——助之

手，最终他将找到光——明国度。

　　"在这儿，复仇是不存在的。"他平静地说道，
"帕米娜，我知道你母亲的邪恶思想操控不了你。请
将你的信任交予神明的智慧，如此一来，你和埃米
诺的幸福将会实现。莫诺斯塔托斯，离开此地，永
远不要让我再见到你！"

　　莫诺斯塔托斯服从命令，逃走了。但他暗生复仇之心。"我去投奔夜王后，"他暗想，"我们来看看到底谁更强大，是夜王后还是萨拉斯特罗。"

　　帕米娜感谢萨拉斯特罗的恩泽，并承诺将遵从他的忠告。但要让她完全理解这些还为时尚早，再加上她恋爱了，她总是情不自禁、满腹忧愁地想到埃米诺。最后，她实在忍受不了自己命运的不确定性，决定出发去找他。

　　至此为止，相较于喋喋不休、管不住自己嘴巴的帕帕基诺，埃米诺像个男子汉一样承受住了所有的考验。王子回想自他踏入萨拉斯特罗的王国以来的所有经历。最终，他渐渐理解了萨拉斯特罗的智慧和考验的意义。现在，他也明白了三位仙童的预言和祭司的警告。然而考验仍在继续，王子还将面临最艰巨的测试。

　　接着，埃米诺和帕帕基诺来到一个宽敞、明亮的大厅。他们在一张巨大的桌子上找到了食物和水——自从进入宫殿以来，埃米诺和帕帕基诺一点儿东西都没吃过，况且他们还经历了长时间的旅行。

再一次，埃米诺见到了三位仙童。他们微笑着将魔笛交予他，将钟琴还给帕帕基诺——萨拉斯特罗在宫殿里把这两样东西从他们手中收走，现在又把魔笛和钟琴归还他们。

"用食物和水补充能量，"三位仙童说道，"您还未达到目标呢。振作起来，埃米诺。而至于你，帕帕基诺，保持沉默！"

这一次帕帕基诺顺从了。就在三位仙童再次消失后，他开始狼吞虎咽地进食，没有唠叨的工夫。

埃米诺对堆满桌子的食物毫无兴趣。他在附近一处长满草的斜坡上坐下，开始演奏他的金色长笛。突然，他听见帕米娜呼唤他的名字。

受萨拉斯特罗法力的无形牵引，少女一路找寻埃米诺来到此地。她不知道正是她自己，为心爱的人设下了最大的难关。

追随着魔笛的乐音，帕米娜穿过一条又一条昏暗的走廊，她一遍遍呼唤埃米诺的名字。最终在两根大理石柱之间，她瞥见了帕帕基诺的艳丽羽毛，随后她看到了埃米诺。她兴奋地朝他奔去。

然而埃米诺
表现得像没有见
到她一样，继续
吹奏他的笛子。

"埃米诺！"帕米娜喊道，"见到我你难道不开心吗？我太害怕了，我必须来找你！既然现在我找到你了，那么一切都会好起来的……"

"您的埃米诺多愁善感，"帕帕基诺说道，伤心地摇了摇头，"他好几天都没搭理我了。真高兴您来了，我快要闷死了。"

"埃米诺！"帕米娜再次呼喊道，"看看我呀！你不想跟你的帕米娜再有什么牵连了吗？"

一切都是徒劳。埃米诺看都不看她一眼。

"那好吧，永别了！"帕米娜哭诉道，"如果你不再爱我，我也不想再活下去了！我母亲生我的气，计划着报仇。而我如父亲般信任的萨拉斯特罗，迷惑了你的心智。在这世上我还剩下什么呢？"

她抽抽搭搭地转过身，沿着来时的路走了回去。

"这算什么呀！"帕帕基诺愤愤不平地埋怨道，"埃米诺在那里一动也不动，就这么让女孩走了。那我的女孩在哪里，我的帕帕吉娜呢？这里只有谎言和欺骗！"

接下来发生了什么呢？一位身形消瘦、矮小的老妇人从柱子后面走出来，她颤颤巍巍地朝帕帕基诺走去。

"老奶奶，您是来给我解闷的吗？"

"是的，我的小天使。"矮小的老妇人用沙哑的嗓音回应他。

"好主意！"帕帕基诺说道，"告诉我，您多大年纪，叫什么名字？"

"你的帕帕吉娜，十八岁又两分钟大！"

"我、我、我的帕帕吉娜？"

"是的，我的小天使。你不喜欢我吗？那你就太可怜了。你只能待在这个地方，余生只能吃面包填饱肚子，喝水解渴，除此以外一无所有……好好考虑一下吧，我的小天使。这真是太遗憾了，我们明明是天作之合！"

帕帕基诺无言以对，不知所措。过了一会儿，他犹犹豫豫地说道："嗯，是的，比起慢慢变老、形容枯槁、一无所有、只靠面包和水维生，还不如选择一位老妇人。"

"瞧瞧，我的小天使，这会儿我对你也很满意呢。"矮小的老妇人回应道，"这样一来，我得到的男人不仅长得漂亮，而且还很聪明。难道你不想给你的帕帕吉娜一吻，就像对爱人一样吗？"

"别着急。"帕帕基诺回绝道，"首先我得离开这里，然后我们再看看该怎么办。"

此时雷鸣滚滚，可怕的声音响彻天地，吓得帕帕基诺差点儿摔倒在地。这让他终于恢复了理智。他犹豫地朝老妇人迈近，下一刻，他满眼错愕。丑陋、矮小的老妇人竟变成了一位迷人的少女！她身形颀长，穿着最华丽的羽毛裙——甚至比帕帕基诺的衣裳还要明艳照人，头上戴着一顶同样用羽毛制成的帽子。焕然一新的帕帕吉娜俏皮地朝他微笑。

帕帕基诺: 哦，他们口中的爱——情，颠覆了我的世——界；我将不再感到孤——单，倘若找到我的伴——侣，倘若找到我的伴——侣，倘若找到我的伴——侣。

　　帕帕基诺毫不迟疑，立刻朝她飞奔而去，想热情地拥抱她。但帕帕吉娜像鸟儿一般溜走了，这对一位御用捕鸟人来说简直就是奇耻大辱！帕帕基诺还没反应过来发生了什么，帕帕吉娜已经没了踪影。这就是对他喋喋不休的惩罚。"要是我之前听埃米诺的话就好了。"他伤心地想道。

王子还是一声不吭。他在聆听从宫殿中央传出的祭司的唱诵。

"噢，伊希斯和奥西里斯！"

虽然对帕米娜的思念使埃米诺满怀痛苦和怜悯，但祭司用神圣的祷文抚慰了埃米诺，给他注入了新的勇气。她该多凄惨呀，以为自己受到挚爱之人的背叛和抛弃！

即便这样，埃米诺还是无法对帕米娜的绝望感同身受。

在与王子痛苦诀别后，帕米娜几乎丧失理智。"哦，老天爷啊！"她哭喊道，"我再也无法忍受了。现在，用我那愤怒的母亲的匕首，我将结束我的生命！只有死亡能带给我平静！"

帕米娜正准备将匕首扎入心脏，就在这时，三位仙童站到她面前，抬手制止。

"快住手！"他们喊道，"您根本不知道自己在做什么！这就是您对埃米诺忠贞的爱的回报吗？"

"忠贞的爱？噢，快别取笑我了！"帕米娜啜泣道，"埃米诺他……"

"埃米诺爱您，"仙童们说道，"他做好了为您赴汤蹈火的准备。如果您也为他做好了同样的准备，请随我们来。"

"我准备好了。"帕米娜说道。

话音刚落，黑夜降临。三位仙童不知去向。帕米娜却无所畏惧，大步朝黑暗迈进。霎时间，暴风雨般的声音在她耳边轰鸣。火光在她前方点亮，当帕米娜渐渐走近，她看到两座高山耸立在面前。一座峰顶有瀑布奔腾咆哮，另一座峰顶有火焰喷涌而出。透过一团沸腾的水沫和雨点般落下的火花，帕米娜认出了由两位身穿黑甲的士兵带领的埃米诺。

王子也看到她了。

"帕米娜竟然在这个恐怖之地！"他喊道，"现在不管发生什么，哪怕死亡横在我们面前，她都可以跟我走了。我能跟她说话吗？"他转身问那两个

全副武装的人。

"你可以跟她说话。"他们回答道。

埃米诺穿过雾团和火星雨,朝帕米娜奔去。

"帕米娜!"

"埃米诺!"

他们手牵着手穿过两座高山。奔腾的水退去,火焰熄灭,一道门在埃米诺和帕米娜面前敞开。他们踏入光芒之中,发现自己置身于萨拉斯特罗的太

阳宫殿内，这里的美胜过他们所见过的一切。萨拉斯特罗沿着洁白的大理石台阶走下来接见他们，身后跟随着穿礼袍的祭司们。

"恭喜你，"萨拉斯特罗说道，"高尚的年轻人，你的毅力获胜了。智慧之神伊希斯和奥西里斯开启了你的心智。你经受住了考验，作为奖励，你赢得了与帕米娜的姻缘和她的真心。而你，我的孩子，"他转向帕米娜，继续说道，"证明了你母亲的邪恶思想没能操控你。你的爱战胜了黑夜和死亡。跟埃米诺一起，在我的王国幸福地生活下去吧！"

接着，三位仙童把帕帕基诺领了进来。他华服上的羽毛无力地耷拉着，失去了往日的光泽。

"还有你，帕帕基诺，"萨拉斯特罗对他说，"没有通过考验。你愚昧的脑子无法管束你那喋喋不休的嘴。但是你有一副好心肠，诸神赦免了对你的惩罚。记住，跟你的帕帕吉娜要幸福地在一起！"

帕帕基诺敲响了他的银钟琴。随后，身穿羽毛连衣裙的女孩从宫殿后方跑了出来，冲着帕帕基诺大笑。

"帕帕吉娜！""帕帕基诺！"他们齐声喊道，一边绕圈圈跳舞，一边互相拥抱和亲吻。"帕帕基诺！""帕帕吉娜！""帕帕吉娜！""帕帕基诺！"他们像两只刚学会飞翔的鸟儿一样兴奋地叽叽喳喳说个不停。

然而天空转瞬间暗沉下来，穿过闪电和雷鸣，夜王后携三位侍女和莫诺斯塔托斯驾到。摩尔人向她指出通往宫殿的秘密通道，此刻她要为摧毁萨拉斯特罗的功绩做最后一搏。不过，就在夜王后踏入这神圣之地的同时，她感觉到了自己法力的消减。

"退后！"萨拉斯特罗喊道，"远离这片祥和净土！愿你的王国陷入永劫不复的黑夜之中！"

宫殿在一声可怕的雷鸣中又一次晃动了起来。大地裂开，永久地吞噬了夜王后以及与她同行的人。

从此以后，萨拉斯特罗的太阳王国将永不受邪恶法力的威胁。埃米诺和帕米娜在他身边幸福地生活，守护无价的智慧和真爱直至生命尽头。

而帕帕基诺和帕帕吉娜则回到了森林，在诸神创造的自然王国中过起了像鸟儿一样无忧无虑的生活。

完

图书在版编目（ＣＩＰ）数据

魔笛 /（奥）莫扎特著；杨宵宵绘；幸绍菲译 .--
上海：上海人民美术出版社 ,2024.6
（大作家写给孩子们）
ISBN 978-7-5586-2934-1

Ⅰ.①魔… Ⅱ.①莫… ②杨… ③幸… Ⅲ.①儿童故
事 - 奥地利 - 现代 Ⅳ.① I521.85

中国国家版本馆 CIP 数据核字 (2024) 第 062650 号

魔笛

著　　者：[奥] 莫扎特
绘　　者：杨宵宵
译　　者：幸绍菲
项目统筹：尚　飞
责任编辑：张琳海
特约编辑：楼时钰
装帧设计：墨白空间·李　易
出版发行：上海人民美术出版社
　　　　　（上海市号景路 159 弄 A 座 7 楼）
　　　　　邮编：201101　电话：021-53201888
印　　刷：北京盛通印刷股份有限公司
开　　本：880mm x 1230mm　1/32
字　　数：24 千字
印　　张：2.625
版　　次：2024 年 6 月第 1 版
印　　次：2024 年 6 月第 1 次
书　　号：978-7-5586-2934-1
定　　价：49.80 元

读者服务: reader@hinabook.com 188-1142-1266
投稿服务: onebook@hinabook.com 133-6631-2326
直销服务: buy@hinabook.com 133-6657-3072
网上订购: https://hinabook.tmall.com/（天猫官方直营店）